Quem mora lá?

Quem mora aqui?

Reservam-se os direitos desta edição à EDITORA JOSÉ OLYMPIO LTDA.
Rua Argentina, 171 - 3º andar - São Cristóvão
20921-380 - Rio de Janeiro, RJ - República Federativa do Brasil
Tel.: (21) 2585-2060
Printed in Brazil / Impresso no Brasil

Atendimento e venda direta ao leitor:
mdireto@record.com.br ou Tel.: (21) 2585-2002

ISBN 978-85-03-00797-9

Projeto gráfico • Hybris Design

Texto revisado segundo o novo Acordo Ortográfico da Língua Portuguesa

CIP-BRASIL. CATALOGAÇÃO-NA-FONTE
SINDICATO NACIONAL DOS EDITORES DE LIVROS, RJ

097q
Ottoni, Álvaro
Quem mora aqui? Quem mora lá?
/ Álvaro Ottoni; ilustrações Miúcha. — 4ª ed. —Rio de Janeiro : José Olympio, 2010
il. ;

ISBN 978-85-03-00797-9

1. Literatura infantojuvenil.
I. Miúcha. II. Título.

10-0054. CDD 028.5
CDU 087.5

Quem mora lá?

Quem mora aqui?

ÁLVARO OTTONI

Ilustrações
MIÚCHA

4ª EDIÇÃO

JOSÉ OLYMPIO
EDITORA

Quem será que mora nesta casa **azul?**

Uma menina de olhos **cor do céu.**

Quem será que mora nesta casa **amarela?**

Olhe os **cabelos** dela.

Quem será que mora nesta casa **vermelha?**

Ih! É o **coração.**

Quem será que mora nesta casa **verdinha?**

Bom dia, **plantinha.**

Quem será que mora nesta casa

branquinha?

Uma nuvem,

um carneiro

e o algodão.

E nesta casa **cinza**, quem mora então?

A fumaça

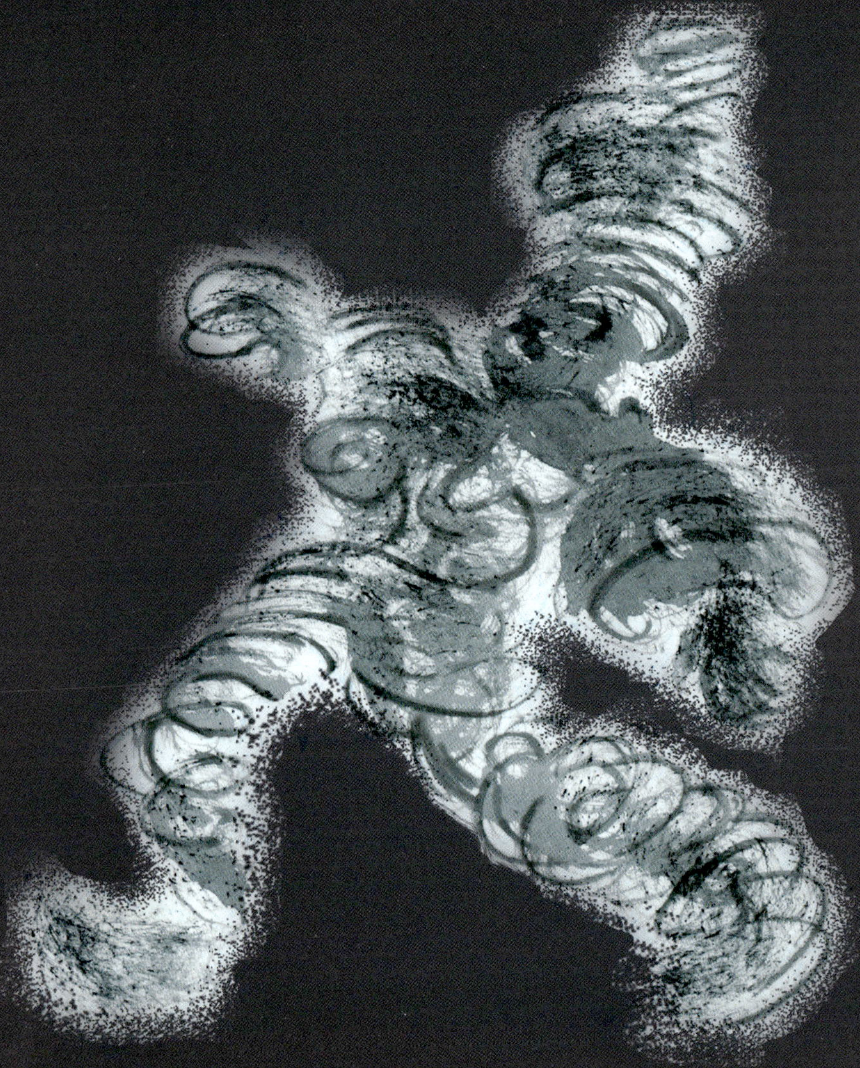

e a poluição.

Quem mora aqui?

Quem mora lá?

E a sua casa,

de que cor será?

Desenhe aqui a sua casa

Sobre o autor

Escrevo para crianças de todas as idades — dependendo da criança que exista ou resista dentro de cada um de nós — desde 1981, quando lancei *A árvore que fugiu do quintal*, que continua fugindo até hoje. De lá para cá, e até o *Quem mora aqui? Quem mora lá?*, nasceram mais vinte livros sempre com o compromisso de divertir e fazer pensar, com bastante humor e afeto. Faço questão de ir às escolas conversar com as crianças porque ganho uma porção de novos amigos. Para isso, por maior que seja a fila de autógrafos, nunca repito uma mesma dedicatória: a mensagem tem a ver com aquela pessoa única e especial que está à minha frente. Trocamos telefones e endereços, e assim tocamos nossa amizade. Nesses encontros mágicos, a gente conversa sobre como é legal ler, escrever e criar, e aproveito para dizer que na cabeça de cada uma delas existem histórias incríveis. Deste convívio nasceu o meu espetáculo teatral, o *Trelelê-tralalá*, onde canto e conto histórias, e a oficina para professores "A Pedagogia do Afeto e do Olhar". Muitas pessoas desempenharam papel importante nessa caminhada que é a razão da minha vida, entre elas, Darcy Ribeiro, que dizia que meus livros são perigosos, porque lendo-os a gente vira criança, e Orígenes Lessa, que até me transformou em nome de rua na cidade de Lençóis Paulista, São Paulo.

A Paula Saldanha, Carlos Pravato e César Cardoso pela força no caminho; meus filhos, Carolina, Elisa e Fábio; minha mulher Ângela e a Miúcha, dedico este livro.

Álvaro Ottoni

Sobre a ilustradora

Era uma vez uma cantora que gostava de brincar de criança, contando histórias, inventando músicas e fazendo desenhos.

De tanto que gostava de brincar, acabou até virando uma "Galinha" num disco chamado OS *Saltimbancos* e se divertiu muito no espetáculo infantil que se apresentou no Canecão, ao lado de grandes artistas, da filha Bebel, das sobrinhas e de outras crianças que pisavam pela primeira vez num palco.

Há muitos anos tinha estudado um pouco de aquarela. A pressa da vida roubou o tempo, mas não o sonho de desenhar e pintar. Que virou uma certa companhia abstrata, aquelas cores sempre trancadas em seus tubos e latas, ao lado dos pincéis mudos. Junto com muitos livros de técnica de aquarela — todos empilhados, empoeirados e rejeitados na mesma prateleira, falando mal da dona ingrata... eu, Miúcha.

Só mesmo esse convite casual do Álvaro Ottoni, pedindo-me que ilustrasse um livro seu, para eu ganhar coragem de sair brincando de novo com as cores e os pincéis, os quais, doidos de alegria, se espalharam pela casa toda.

Também comecei um curso de ilustração botânica, que é uma verdadeira meditação e me abriu os olhos para uma maneira mais ampla de perceber a natureza.

Bom, essa é a minha história, e, ao contrário do Álvaro Ottoni que fez um monte livros lindos e muitos outros trabalhos nessa área, essa é a minha estreia — acho que vocês todos vão perceber que esse é o primeiro livro que ilustro.

Tento me consolar, pensando que parece um livro de criança, ilustrado por uma criança que virou uma cantora, que gostava de brincar de criança, contando histórias, inventando músicas, fazendo desenhos...

...para os meus sobrinhos-netos Chiquinho (meu modelo), Clarinha, Theo, Lia e quem mais chegar.

Miúcha

Este livro foi impresso nas oficinas da
Yangraf
para a
EDITORA JOSÉ OLYMPIO LTDA.
em abril de 2010

*

78º aniversário desta Casa de livros, fundada em 29.11.1931